Abendfrieden vor Sonnenuntergang

Portraits und Texte über das Alter von Lucie Kasischke-Kämmler

Herausgegeben im Eigenverlag
des Alexander-Stifts
71577 Großerlach-Neufürstenhütte

Verantwortlich für den Inhalt:
Diakon Günther Vossler

Photos und Texte:
Lucie Kasischke-Kämmler

Gestaltung, Repros und Satz:
d'Werbung Schorndorf

Druck und Verarbeitung:
BruderhausDiakonie
Grafische Werkstätte
Reutlingen

ISBN 3-938306-08-4

Die Erlöse aus dem Verkauf des Buches
kommen der Arbeit mit an Demenz erkrankten
Senioren im Alexander-Stift zugute.

Die Porträts wurden mit ausdrücklicher
Zustimmung der Betroffenen, ihrer Angehörigen
oder Betreuer veröffentlicht.

Vorwort

Frau Lucie Kasischke-Kämmler hat eine besondere und tiefe Beziehung zu Senioren, die schwer pflegebedürftig und darüber hinaus auch dementiell erkrankt sind. Sie lebt schon viele Jahre in einer betreuten Seniorenwohnung des Alexander-Stifts in Weissach i.T., in nächster Nachbarschaft zu einem Pflegeheim und einer speziellen Einrichtung zur Pflege und Betreuung von an Demenz erkrankten Senioren.

In diesen Jahren hat Frau Kasischke-Kämmler den intensiven Kontakt zu diesen Senioren und ihren Angehörigen gesucht und durch ihre ausgeprägten Gaben des intensiven Zuhörens und Wahrnehmens und ihrer ruhigen Gesprächsführung eine besondere Nähe, ja auch Freundschaft, aufgebaut. Dabei gelang es ihr sehr gut, die individuelle Persönlichkeit dieser heute schwer- und schwerstpflegebedürftigen Senioren zu erspüren und zu entdecken.

Sie hat die Senioren dann fotografiert und mit diesen Porträts und den persönlichen Texten, die sensibel einen ganz besonderen Lebensausschnitt jedes einzelnen festhalten, in ihrer einzigartigen Würde dargestellt. So stellt Frau Kasischke-Kämmler mit ihrem Buch „Abendfrieden vor Sonnenuntergang" schwer- und schwerstpflegebedürftige Menschen sehr einfühlsam in den Mittelpunkt unserer Wahrnehmung. Dafür aus ganzem Herzen, danke!

Diakon Günther Vossler
Direktor

Im Stift

Der Duft der tintenblauen Petunien mit ihren samtig glänzenden Blütenblättern trägt mich in eine friedvolle Abendstimmung. Der Blütenkranz am Balkongeländer, leuchtend rot, weiß und blau, sagt mir:

„ Es ist Sommer und die Welt ist schön!" Der Abend senkt sich langsam über das Wiesental und – über mein Leben. – Die nahe Kirchturmuhr schlägt eine späte Nachmittagsstunde und die untergehende Sonne malt mit goldenen Farben, im ewigen Wechselspiel, ihre Bilder an den hohen Himmel. Die Grillen zirpen laut und die Vögel singen ihr letztes Lied bevor das Dunkel der Nacht sie umhüllt. Eine nie gekannte Ruhe senkt sich über mich und ich fühle, es ist alles getan. – Das Haus gebaut, der Baum gepflanzt... – und doch suchen wir alle, die wir hier leben immer fort nach kleinen Aufgaben, die noch zu lösen sind und die der Welt verkünden:

„ Schaut her, wir sind noch da!" Unbewusst versuchen wir Spuren in den ewigen Sand zu schreiben, die nicht so schnell vom Winde verweht werden können, um mit einem kleinen Sandkörnchen an unserer Ewigkeit zu bauen und vielleicht wird einmal jemand sagen:

„Ja, ich habe sie gekannt."

Die Pharaonen stellten gigantische Pyramiden in den Wüstensand und noch Jahrtausende danach spricht man von ihren Taten. – Bei uns kann es eine kleine winterharte Pflanze sein, die auf dem begrünten Dach im Innenhof noch wachsen und wuchern wird auch wenn wir nicht mehr sind und vielleicht wird jemand sagen: „Ja, ich weiß, ich habe es gesehen, es war die Frau – Sowieso –, die sie damals eingepflanzt hat." Vielleicht werden es auch die großformatigen Fotografien an den Wänden in den hellen, hohen Fluren sein, die Zeugnis bringen von unserem Festhalten an den Schönheiten der Natur, oder der chinesische Ginkgobaum, der von einer alten Dame gestiftet wurde und uns jedes Jahr mit seinen jungen fächerartigen Blättern sagt: „Es ist Frühling!" und wieder beginnt die Natur, ganz selbstverständlich, ihren ewigen Lauf durch die Jahreszeiten. Vielleicht ist es auch das hochformatige Bild, das uns dankbar an eine Spenderin denken lässt. Das Bild mit dem Engel in Blau, in Formen und Farben an Mark Chagall erinnernd. Bei all dem ist uns bewusst:

Es ist Abend.

Mit größter Neugier und Aufmerksamkeit und mit allen unseren Sinnen beobachten wir die lebendige und schöne Welt.

Die Großstadt Stuttgart war meine Heimat,
bis zu dem Tage, im Krieg, als die Bomben fielen
und auch unser Haus in Schutt und Asche gelegt wurde.

Mein Mann war Soldat,
und ich floh mit meinem Kind
in ein winziges Dorf in den Bergen.

Die Stube war klein und das Wasser
holte ich mit Eimern aus dem Brunnen.

Dann war der Krieg zu Ende.
Mein Mann kam lebend zurück!

Ein neues Zuhause, unsere vier Kinder,
ausgedehnte Wanderungen
auf den schattigen Wegen im Schwarzwald
und durch die lieblichen Täler,

dies alles machte mein Leben wieder lebenswert und schön.

Ein Siebenbürger Sachse

Der zweite Weltkrieg
riss ihn für immer aus seiner Heimat,
dem Geschichte umwobenen Siebenbürgen.
Seit dem Mittelalter ein Land der Schlösser,
Burgen und Kathedralen.
Ein Land in die Täler und Höhen
der Karpaten gebettet
mit seiner Königspaßstraße,
einer wichtigen Verkehrsader
durch die bewaldeten Berge,
entlang eines Flusses,
mit seinen Kurorten und Theatern,
seinen Menschen auf dem Lande
mit ihren legenderen reich bestickten Trachten,
ihrem festen Glauben an Gott
und ihrer Liebe zum Bauerntum.
Durch die Wirren des Krieges
wurde sein Leben in ganz andere Bahnen gelenkt!
Doch auch nach dem Krieg, in Deutschland,
war es reich und erfüllt.
Sein fundiertes Wissen in der Landwirtschaft
und seine Liebe zur Natur
brachten Ruhe und Zufriedenheit in seinen Alltag.

Bilder mit Seele

Ihre Aquarelle gemalt,
noch bevor sie das Dunkel der Nacht umhüllte.
Aquarelle in märchenhaften Farben:
Blumen und Gestalten im Licht und im Schatten,
gleitende Schwäne im Wasser sich spiegelnd,
Löwen mit Mähnen in glühender Sonne,
Alleen in Nachtblau und in herbstlichen Farben.

In ihrem Zimmer hängt auch ein Diplom ganz nüchterner Art.

> *Zum 25-jährigen Berufsjubiläum*
> *als Physiotherapeutin*
> *entbieten wir Inge Claassen*
> *die besten Glückwünsche.*
> *Hiermit verbinden wir*
> *Anerkennung und den Dank*
> *des Berufsstandes*
> *für diese Tätigkeit*
> *im Dienste der Volksgesundheit.*

Und jetzt im Jahre 2006?
Freundlich grüßt sie ihre Mitbewohner im Heim.
Auch die ernstesten Menschen lächeln grüßend zurück.
Jedoch heute bleiben Pinsel und Farben,
die man ihr schenkte, unberührt.

Ja zum Leben

Ihre ganze Erscheinung:
ihre farbenfrohe Kleidung, ihr Lachen,
alles, was sie tat und alles, was sie war,
sagte: „ Ja! zum Leben."

Ob in den jungen Jahren
die „Pfeffermühle", eine Gaststätte, die sie zusammen
mit ihrem kriegsversehrten Mann viele Jahre erfolgreich führte,
oder ihre beiden Kinder, die sie fürsorglich liebte, das Mädchen
und den Jungen, die so gerne beim Großvater in der warmen
Backstube weilten und den Duft nach frischem Brot und knusprigen Brezeln unvergesslich in Erinnerung behielten.

All dieses und vieles mehr
machte ihr Leben kostbar und schön.

Als die aktive Zeit ihrer jungen Jahre vorüber waren
und die Kinder erwachsen, wurde zu ihrer großen Leidenschaft
das Seniorentanzen mit Freundinnen in einer Tanzschule in der Stadt.

Und heute?
Obwohl sie auf meine Fragen nicht antworten konnte,
strahlte sie mich freundlich an,
mit der Frühlingssonne um die Wette.

Alles geben die Götter, die unendlichen,
ihren Lieblingen ganz:
alle Freuden die unendlichen,
alle Schmerzen die unendlichen ganz.

Johann Wolfgang von Goethe

Er muss ein Liebling der Götter gewesen sein,
ein Liebling der Frauen
ist er bis heute geblieben.
Man unterhält sich gerne mit ihm,
in kurzen einfachen Sätzen.
Nur sein Lächeln und
seine dunklen Augen
können Antwort geben.

Seine Sprache
hat ihm die Krankheit genommen.

Schlittenfahrten im Wieslauftal

„Die Kinderzeit liegt weit zurück,
doch heute noch denke ich mit Vergnügen
an die wilden Schlittenfahrten und Schneeballschlachten
mit meinen drei Brüdern.
Stürmten wir dann durchgefroren und mit roten Nasen
zu Mutter in die warme Küche,
so strömte uns der Duft von
frischgebackenem Apfelkuchen
einladend entgegen."

Ein Naturbursche

Sein Dorf lag am Waldrand.
Fichte, Tanne, Buche und Eiche,
Kiefer und Lerche –
für ihn auf den ersten Blick erkennbar
und ganz selbstverständlich
von einander zu unterscheiden.
Die Geräusche eines Sägewerks
sind ihm bestens vertraut
und er weiß aus welchen Baumstämmen
man Dielen und Bretter,
Latten und Kanthölzer sägen kann.
Heute noch erzählt er,
den Schwestern im Seniorenheim,
mit Begeisterung Geschichten aus jener Zeit.
Schaut man ihn an,
so wirkt er frisch und lebendig
und sein Blick sagt uns:
„Ich kenne sie alle – die Bäume im Wald!"

Das biblische Alter längst überschritten

„Hundert Jahre und mehr
lebe ich nun auf dieser Erde.

Ich habe Kaiser, Könige und Demokraten
kommen und gehen sehn.

Jedoch nur das Gute und Schöne
im eigenen Herzen,
beglückte meine Seele."

Ein Sohn der Steppe

Den unendlichen Weiten
der russischen Steppe
am Schwarzen Meer
rangen seine Urahnen
Fruchtbarkeit und reiche Ernte ab.

Die erste Generation fand den Tod!
Die zweite die Not!
Die dritte das Brot!

„Mir geht es gut!
Macht euch um mich doch bitte keine Sorgen."

Als Deutsche in Ungarn aufgewachsen.
Im Zweiten Weltkrieg:
vier Jahre russische Verbannung.
Deutsche Sprache,
ungarische Sprache,
russische Sprache,
alles wurde angepackt
und alles musste zu Ende geführt werden
um zu überleben.
In Deutschland und somit die meiste Zeit
ihres beruflichen Lebens, arbeiten im Büro.

Als ich mich von ihr verabschieden wollte,
in der Demenzstation,
legte sie beide Arme um mich und stellte mir eine Frage,
über die sie wohl schon sehr lange nachgedacht hatte:
„Wo sind wir hier, in Deutschland oder in Ungarn?"
„In Deutschland", sagte ich.
Sie flüsterte: „Ich dachte in Ungarn",
drehte sich um und ging mit langsamen
Schritten zurück zu den Andern.

Der Garten war es,
der ihr die Luft zum Atmen gab.
Die Gemüsebeete und die Blumen,
die kleinen belanglosen Gespräche
über den Gartenzaun.

Ein vollkommener Kontrast
zu ihrer Arbeit im Notariat,
wo absolute Konzentration
und Genauigkeit gefragt waren.

Was machte sein Leben so interessant?
War es der Bodensee,
an dessen Ufern er vor dreiundneunzig Jahren
geboren worden war?

War es vielleicht die Eisenbahn,
die er von der Pike auf kennen gelernt hatte
um schließlich in der oberen Etage,
in den Büros, jahrzehntelang
seine Arbeit gewissenhaft zu verrichten?

Da war noch was, etwas ganz wesentliches,
das seinem Leben erst die richtige Würze gab:
der Albverein!
Viele, viele Jahre – seine große Leidenschaft.
Er kannte sich schließlich
so gut aus in der Natur,
dass er als Wanderführer die Menschen begleitete.

Eine starke Frau

Ihre Seele wurde getragen
von den schönen Dingen dieser Welt.
Literatur und Musik.
Viele Bücher nahmen einen großen Raum
in ihrer Wohnung ein.
Ein Leben ohne Lesen,
ohne Singen und ohne den Gesangverein
waren undenkbar für sie.

Jedoch sie musste auch ganz nüchtern und klar
ihren Alltag meistern.
Ihre beiden Söhne, ihr Mann – Kriegsinvalide –
und ihr Lebensmittelgeschäft,
das sie jahrzehntelang erfolgreich führte,
waren für sie eine lohnende Aufgabe
und die Erfüllung ihres Lebens.

In mir klingt ein Lied

Der Zerfall eines Menschen – Der Untergang einer Welt

Die Luft in den hohen menschenleeren Fluren in der oberen Etage ist von einem leisen Summen angefüllt: Ventilatoren, Heizung, Wasserleitung...
Eine Melodie schwingt mit, kaum hörbar, von einer warmen angenehmen Frauenstimme gesungen. Seit Tagen schon. Sie dringt vom Erdgeschoss hoch über Treppenhaus und Fahrstuhlschacht. Es ist nur ein Lied, immer und immer wieder magisch Strophe an Strophe gereiht. Ich weiß, dass diese Melodie auch tief in mir schlummert, schon viele, viele Jahre. Sie war verschüttet und vergessen bis heute. Wie ist der Text? Wie sind die Worte? Die geheimnisvolle Stimme beginnt wieder mit einem neuen Vers. Ich summe kaum vernehmbar mit und stelle fest: „Sie trifft haargenau jeden Ton und greift nie daneben." Ich flüstere im Rhythmus mit:

„Wir ziehen über die Straße in gleichem Schritt und Tritt
und über uns die Fahne, sie rauscht und flattert mit.
Trom, trom, trorom heidiridiritrom heidiritrom,
trom, trom, trorom heidiridiritrom."

Schon folgt die nächste Strophe und ich denke:
„Voran der Trommelbube, er schlägt die Trommel gut.
Der Knab' weiß nichts von Liebe, weiß nicht wie's Scheiden tut.
Trom, trom, trorom..."

Ich möchte auf Zehenspitzen und ganz leise die Stufen hinabsteigen immer der Melodie folgend bis ich schließlich bei der Sängerin wäre.

Aber ich wage es nicht, mir fehlt der Mut. Zu groß die Angst vielleicht in ausdruckslose Augen sehen zu müssen, die durch mich hindurch schauen, – vielleicht in bewegungslose, entgleiste Gesichtszüge auf einem tief nach vorne gebeugten Haupt?

Vor mehr als sechzig Jahren sangen wir dieses Lied. Mit heißen Wangen und glühenden Herzen. Junge Mädchen damals „Jungmädel". Man sagte uns, wir lebten in einem „Tausendjährigen Reich", unsere Zukunft wäre strahlend und grenzenlos, voller Arbeit, Brot und Freiheit. Wir sangen auch: „Deutschland heiliges Wort, du voll Unendlichkeit...", oder:... und die Fahne ist mehr als der Tod."

Ich sah

*Ich habe Deutschland leuchtend geseh'n
und glaubte den heiligen Schwüren.
Sah Bomben totbringend niedergeh'n,
Fahnen zerfetzt im Sturme verweh'n
und sang nie mehr Vaterlandslieder.*

Seit Tagen schon habe ich die singende Frauenstimme nicht mehr gehört. Vorgestern nicht, gestern nicht, und heute nicht.

Sie fehlt mir!

Auf dem kleinen Hausaltar in der Eingangshalle, neben hölzernem Kreuz und geweihter Kerze, liegt wieder das Kondolenzbuch aus.

Auch mein Name steht auf der Seite der Trauernden.

𝒟en Seinen gibt's der Herr im Schlaf

Wer kennt sie nicht,
die beiden Engelchen von Raffael
am untersten Rand seines berühmten Gemäldes
„ Die Sixtinische Madonna"?

An diese musste ich denken
als ich sie
so friedlich in sich ruhend
vor mir sitzen sah.

Und ich drückte auf den Auslöser meiner Kamera.

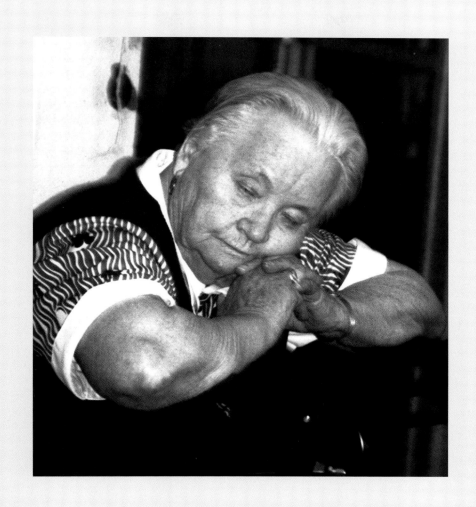

An der Atlantikküste Frankreichs,
auf einem Kriegsschiff
war sein Einsatz bei der Marineartellerie.
Die Matrosenuniform stand ihm gut.

Mit kaum zwanzig Jahren hatte man ihn geholt.
Weit weg von seiner schwäbischen Heimat.
Oft hat er dem Tod ins Auge geschaut.
„... Es geht alles vorüber,
es geht alles vorbei ..."
war der Refrain eines weitverbreiteten
Soldatenliedes jener Zeit.

Auch für ihn ging alles vorüber
und er kam wohlbehalten wieder nach Hause.
Deutschland war im Aufschwung
und sein Beruf als Heizungsinstallateur
sehr gefragt.

Der Killesberg in Stuttgart,
der prachtvoll angelegte Erholungspark
für Groß und Klein,
das leicht hüglige Gelände
mit Bäumen und Sträuchern,
Fontänen und Springbrunnen,
mit seiner Seilbahn,
dem Ponyreiten für Kinder,
mit dem duftenden Tal der Rosen
und vielem, vielem mehr,
war fünfundzwanzig Jahre lang ihre Welt.
Sie kannte alles vom Eintrittskarten abreißen bis
hinauf zu den Büros der Verwaltung,
wo sie überall und mit viel Freude
ihre Arbeit zuverlässig und
verantwortungsbewusst verrichtete.

Immer wenn der Mai gekommen war,
und ein duftender Kranz
aus Blüten und Blättern
mit weißen und roten Bändern
den Maibaum zierte,
wenn die Mädchen und Buben im Tanze sich drehten
und der Duft von frischgebackenem Salzkuchen
aus dem „Backhäusle" strömte,
war sie, all die Jahre, mitten drin.
Mit ihren Freundinnen aus dem Gesangverein,
mit Nachbarn und Bekannten
gestalteten sie gemeinsam
ein wunderbares Frühlingsfest
für das ganze Dorf.

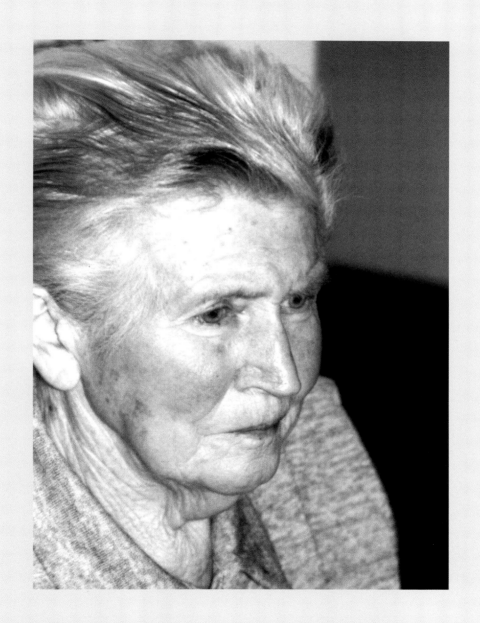

Die Heimat für immer verloren

In Danzig, der Handels- und Hafenstadt an der Ostsee,
erblickte ER vor vierundachtzig Jahren das Licht der Welt.
Der Deutsche Orden, die Hanse, Polen, Preußen, Napoleon
und das Deutsche Reich, hinterließen ihre Spuren und schrieben
ihre Seiten in das Buch der Geschichte dieser Stadt.

Im Zweiten Weltkrieg musste er
den feldgrauen Soldatenrock anziehen.
Als der Krieg über Europa hinweggefegt war
und er aus der französischen Gefangenschaft entlassen,
war seine Heimat, zum größten Teil,
von Bomben und gelegten Bränden
mutwillig zerstört.
Danzig gehörte nun zu Polen.

Aber sein Leben kam wieder in geordnete Bahnen!
Seine Familie, jahrzehntelange Arbeit
als Angestellter einer Bank
und seine sportlichen Aktivitäten
gaben ihm wieder Rückhalt,
Sicherheit und Freude am Leben.

Jedoch seine Liebe zum Meer ist geblieben
und er verbrachte viele seiner Urlaubstage
mit seiner Familie an der Nord- und Ostsee.

Im Licht – in ihrer Welt

Die Sonne scheint angenehm warm in den Lichthof der Demenzstation.
Die Schwestern haben sie bequem auf einen Liegestuhl gebettet.

Mit lauter, klarer Stimme und in einer tadellos hochdeutschen Sprache beginnt sie nun mit ihrem „Eigenen Gedicht".
Dieses kann sich über Stunden hinweg ausdehnen.
Es wird nur manchmal für einige Atemzüge lang unterbrochen. Dann weiß ich, jetzt nimmt sie einen Schluck aus ihrem Wasserglas.
Sofort beginnt sie wieder, im abgehackten Rhythmus, ihr „Eigenes Gedicht" zu sprechen, das keinen Anfang und kein Ende kennt.
Kraftvoll und energisch schlägt sie, mit beiden Händen zugleich, den Takt zu jeder Silbe auf den Armlehnen des Liegestuhls.

"...
Und-die-Mut-ter-hat-das-Le-ben-
Und-das-Was-ser-ist-da-bei!
Al-le-Men-schen-brau-chen-Was-ser-
Und-das-Was-ser-ist-da-bei!
Und-die-Mut-ter-hat-das-Le-ben-
Und-das-Was-ser-ist-da-bei!
Al-le-Men-schen-wol-len-wasch-en
Und-das-Was-ser-ist-da-bei!
Und-die-Mut-ter-hat-das-Le-ben-
Und-das-Was-ser-ist-da-bei!
..."

Alter adelt – versöhnt mit dem Leben

Dieses kam mir in den Sinn
als ich sie zum ersten Mal sah
und mit ihr gesprochen hatte.
Eine vornehme Ruhe strahlt sie aus
mit ihrem rein weißen Haar
und ihrer demütigen Haltung.
Stets ein Hauch von Lächeln auf den Zügen.
Niemand vermutet, welch schweres Schicksal
sie zu tragen hat.
"Miss Elly" – ihr heimlicher Kosename
hier im Stift.

In Ostpreußen bin ich geboren.
Als Junge sammelte ich
Bernstein am Strand.

Mit zwanzig, im Krieg,
wurde mir der Steuerknüppel
eines Kampffliegers
in die Hände gedrückt.

Als alle Schlachten geschlagen,
ich am Leben und die Welt
in Jalta neu geordnet war,
wurde mir zur Aufgabe:
Karosserien von Autos
so zu gestalten,
dass Eleganz, moderner Stil
und Funktion
sich sinnvoll ergänzten.

Reich war mein Leben!

Ich war die Christl
von der Post –
sah Kinder groß werden
und Erwachsene alt.

Die zufriedene Gärtnerin

Scholly, ihr kleines Hündchen, war immer dabei.
Ob sie im Frühling,
in ihrem Gemüsegarten hinter dem Haus,
Gurkensamen und
Stangenbohnen in die Erde legte,
oder kleine Zwiebelchen steckte
und Radieschen aussäte.
Das Hündchen hüpfte munter um sie herum,
wenn sie mit Ihrem Mann
in ihr „Baumstückle" gingen,
wo im Sommer die Kirschen reif und rot
die Weidenkörbchen füllten
oder im Herbst die Äpfel und Birnen
zusammengelesen werden mussten,
um das Mostfässle im Keller
für den Winter neu zu füllen.
Dies alles erfüllte ihr Leben
mit Ruhe und Zufriedenheit.

Fasnetsküchla

Sie waren alle gekommen,
ihre Kinder, ihre Enkelkinder
und ihre vier Urenkel.
Oma hatte wieder
Fastnachtsküchle gebacken
wie in jedem Jahr.
Das war ein Leben,
ein munteres Treiben,
ein Schwatzen und Kichern
ganz so wie Oma das liebte.
Ihren Opa hatten die Kleinen
nie kennen gelernt,
denn er war aus dem Krieg
nicht mehr heimgekommen.
Sie hatte gewartet Jahr um Jahr.
Dann holte sie sich,
zu ihren zwei eigenen,
noch zwei fremde Kinder ins Haus.
Sie umsorgte nun alle
mit mütterlicher Liebe.
Und ihr Leben hatte wieder einen Sinn
und eine lohnende Aufgabe gefunden.

Die Kriegswirren lenkten sein Leben

Geboren im Sudetenland,
dem gebirgigen Land mit der Quelle
von Elbe und Oder und dem Riesengebirge
mit seinen schneebedeckten Höhen.
Hier lernte er das Bäckerhandwerk.
Doch dann kam der Krieg! –
Seine junge Frau und sein Kind
fand er in Süddeutschland wieder,
nachdem er die Kriegsgefangenschaft,
in Russland, lebend überstanden hatte.
Seine kleine Tochter sah er jetzt zum ersten Mal.
Es war nun Friede in Deutschland!
Ein neues Leben begann.
Ein Sohn wurde geboren.
Die Wälder um seinen Wohnort halfen
beim Überleben in der schweren Nachkriegszeit.
Fast täglich war er im Wald
und sammelte Holz
für den Herd und für den Ofen.
Das Tischlerhandwerk wurde jetzt
zu seiner beruflichen Aufgabe.

Mein Vater war ein Maler

Viele Bleistiftzeichnungen zieren die Wände
in ihrem fein säuberlich aufgeräumten Zimmer:
Das alte und das neue Schloss, die Stiftskirche,
Straßenansichten und immer wieder das alte Schloss
von den verschiedensten Perspektiven her gezeichnet.
„Beim Malen vergeht die Zeit ganz schnell",
sagte SIE, mit ihrer ruhigen leisen Stimme.
„Schon als kleines Mädchen durfte ich
mit meinem Vater zusammen malen.
Ich bin in Stuttgart geboren und
habe alles aus der Erinnerung gezeichnet.
Und das ist die Stiftskirche,
hier wurden meine beiden Söhne getauft und konfirmiert."
Sie zeigt auf die Zeichnung.
Ihre großen klaren Augen strahlen.

Ich bin Banater Schwabe

Er lachte!

Ich dachte:
Sieht aus wie ein glücklicher
„Cioban", ein Hirte aus
den saftig grünen Tälern Rumäniens.
Und in der Tat
ich erfuhr, dass er sein Leben lang
Tiere gehegt und gepflegt hatte
neben seiner Arbeit in der Landwirtschaft.
Er kannte sich aus.
Nach ihm wurde gerufen,
wenn ein Tier Hilfe brauchte.
Noch heute ist sein bester Freund
ein Schäferhund.

Skispaß im Riesengebirge

Freundlich einladend führte sie mich in ihr Zimmer.
Mein Blick fiel auf ein Foto an der Wand.
„Sind Sie das auf Skiern?"
„Ja", sagte sie vergnügt „das war ein Spaß, Skifahren im Riesengebirge."
Das junge Mädchen auf dem Foto lachte mich an. –
Heute ist sie fast täglich in den Streuobstwiesen zu sehen.
Ihre zwei Gehhilfen führt sie wie Skistöcke,
schnell und behände weit ausholend, über die Wege im Tal.

„Die Abendsonne ist mild und freundlich zu mir."

Bad Mergentheim, der Kurort an der Tauber
mit seinen Heilquellen, kleinen Kapellen und Heiligenfiguren,
seinen geschichtsträchtigen Schlössern
und modernen Trinkanlagen,
war lange Zeit, in ihren Jugendjahren, ihr Zuhause.
Sie arbeitete mit viel Interesse und großer Freude,
viele Jahre, in einem großen Büro.

Dann kam der Krieg!
Alles wurde anders.
Feuerstürme und Brände zogen über das Land.

Doch der Friede kam wieder und kehrte auch ein in ihr Leben.
Ihre kleine Familie, ihr Mann und ihre zwei Kinder
erfüllten sie ganz.

*„Vertraute Lieder klingen in mir
immer und immer wieder."*

Die hellen, breiten Flure
in der Demenzstation
hallen wider von klangvollen Melodien und Liedern.
„Wer hat dich du schöner Wald
aufgebaut so hoch da droben?..."
singt ein gemischter Chor aus seinem Heimatort.
Singt sein Chor – für ihn!
Er steht mitten unter ihnen, wie einst.
Jetzt behutsam von seinen Freunden gestützt.
Leise bewegen sich seine Lippen
und flüsterten den Text mit.

Ist er wieder allein,
dann singt er manchmal stundenlang,
ja, tagelang ein Lied nach dem andern,
wenn er schnell und gebückt durch die Flure läuft
oder ganz lange auf einer Stelle verharrt.

Schön war die Zeit
> als meine vier Kinder noch klein waren
> und ich für sie Kirschpfannkuchen backen durfte,
> Pullover stricken und Kleidchen nähen.
> Gerne habe ich Choräle und Volkslieder gesungen.
> Heute noch macht mir das Singen große Freude.

Heute werden Kuchen gebacken
stand auf der großen Tafel am Eingang
zum Alexander-Stift.

Sie saß mit in der Runde
unter den munter erzählenden Frauen
und schnitt Äpfel in dünne Spalten.
Im Speisesaal sah ich,
wie sie eine betagte Mitbewohnerin
liebevoll umsorgte, ihr behutsam
ein hellblaues Lätzchen umlegte
und ihr beim Trinken half.

Später, als ich mich zu ihr setzte,
erzählte sie mir, mit leiser Stimme
und Augen voller Sehnsucht und Trauer,
von längst vergangenen Kindertagen
in ihrer Heimat in Sachsen.

Zur Autorin

Lucie Kasischke geb. Kämmler

1929
geboren in Teplitz, Bessarabien

1940
Umsiedlung der gesamten Volksgruppe nach Ostdeutschland

1945
Kurz vor Ende des Zweiten Weltkrieges Verschleppung in die Sowjetunion

1955
Rückkehr nach Deutschland

1963
Eheschließung

1997
Veröffentlichung der Autobiografie "Im Schneesturm"

2000
Fotoausstellung "Landschaftsbilder" in Schloss Neudenau

2001
Veröffentlichung des Buches "Augenblicke"

2003
Umzug in das Betreute Wohnen im Alexander-Stift Weissach im Tal

2005
Ausstellungen großformatiger Fotoportraits